MW01122896

Les éditions de la courte échelle inc.

Marthe Pelletier
LE SECRET DE MAX

Illustrations
de Rafael Sottolichio

Les éditions de la courte échelle inc.

Les éditions de la courte échelle inc.
5243, boul. Saint-Laurent
Montréal (Québec) H2T 1S4

Conception graphique de la couverture:
Elastik

Conception graphique de l'intérieur:
Derome design inc.

Mise en pages:
Mardigrafe inc.

Révision des textes:
Sophie Sainte-Marie

Dépôt légal, 2e trimestre 2002
Bibliothèque nationale du Québec

La courte échelle reconnaît l'aide financière du gouvernement du
Canada par l'entremise du Programme d'aide au développement de
l'industrie de l'édition pour ses activités d'édition. La courte échelle est
aussi inscrite au programme de subvention globale du Conseil des Arts
du Canada et reçoit l'appui du gouvernement du Québec par
l'intermédiaire de la SODEC.

La courte échelle bénéficie également du Programme de crédit d'impôt
pour l'édition de livres — Gestion SODEC — du gouvernement du
Québec.

Données de catalogage avant publication (Canada)

Pelletier, Marthe

  Le secret de Max

  (Roman Jeunesse; RJ112)

  ISBN: 2-89021-574-1

  I. Sottolichio, Rafael. II. Titre. III. Collection.

PS8581.E398S42 2002   jC843'.6   C2002-940600-5
PS9581.E398S42 2002
PZ23.P44Se 2002

Voilà plusieurs années, au bord d'un lac rond et venteux,
la vie m'offrait la grand-mère que je n'avais pas connue,
la mère que j'avais perdue, et une nouvelle amie.
La vie me faisait cadeau d'une Rosa.

Depuis ce jour, un courant de tendresse relie
son petit chalet vert à mon grand chalet blanc.
Crépitant de chaleur et d'émotions,
il défie les tempêtes et le temps.

Il sera toujours là, même quand nous n'y serons plus
et que nos arrière-petits-enfants
apprendront à vivre et à nager
au bord de ce lac que nous aimons tant.

Prologue
La plus belle
et la plus jolie

Dans un petit chalet vert, au bord du lac des Grands-Vents, une grand-mère s'ennuie très fort de sa petite-fille. Nakicha est la plus belle, la plus fine et la plus sensible des enfants. La grand-mère en est certaine, même si Nakicha est l'unique petite-fille qu'elle a.

Non loin de là, dans un grand chalet blanc, un garçon s'ennuie terriblement d'une jeune fille qu'il n'a pas vue depuis près d'un an. Nakicha est la plus jolie, la plus étrange et la plus noire de ses amies. C'est d'ailleurs la seule fille noire qu'il connaît.

Dans la cuisine du chalet vert, la grand-mère déplie une feuille de papier jauni. C'est une lettre que son amoureux lui a écrite, il y a plus de cinquante ans. Son amoureux est devenu son mari et, pendant très longtemps, ils ont vécu heureux. La grand-mère est veuve, à présent. Et vivre

seule, c'est beaucoup plus difficile qu'elle ne le croyait.

Dans sa chambre du chalet blanc, le garçon s'agite et transpire en essayant de pondre les premières pages de son premier livre. Écrire, c'est beaucoup plus difficile qu'il ne l'imaginait!

Pour l'instant, il débute de cette façon, le livre du garçon:

Je m'appelle Max et j'ai quatorze ans.

Depuis mon enfance, j'ai une grave maladie que ma soeur a baptisée la «Sophie musculaire». Je l'appelle comme ça, moi aussi.

La Sophie musculaire affaiblit mes muscles et me force à vivre en fauteuil roulant. La Sophie musculaire croit qu'elle m'a emprisonné pour toujours. Mais elle se trompe. Je m'évade quand je veux. Dans ma tête, je suis libre comme un oiseau...

Le garçon bougonne, il n'est pas satisfait. Personne n'aura envie d'entendre parler de lui et de sa fichue dystrophie musculaire. Quelle idée, aussi, de vouloir devenir écrivain!

Par la fenêtre, il aperçoit le lac. Ce matin, il est un miroir et le ciel y admire son grand visage bleu. À l'horizon, une fine brume blanche pare le cou des montagnes d'un joli collier ouaté. C'est ainsi qu'il voit le paysage, le garçon. Il a l'âme d'un poète. Mais il l'ignore encore.

La grand-mère jette un coup d'oeil dehors. Ses chères montagnes sont dans la brume. C'est signe qu'il fera beau aujourd'hui. La grand-mère est d'une nature joyeuse et optimiste. Elle le sait depuis longtemps. Elle replonge le nez dans la lettre. Qu'elle relit avec émotion. Car son coeur est jeune et romantique…

Ma belle Rosa, ma rose amoureuse…

Ah! l'amour! C'est ce qui la rend joyeuse, c'est ce qui la fait vivre. L'amour, pour Rosa, c'est le soleil et l'eau, et l'air qu'elle respire.

Le garçon, lui, rêve encore un peu. Il vole au-dessus du lac, il se perd dans la brume… Puis, une à une, il déchire les trois pages qu'il a écrites. Il les déchire et les déchiquette, il les réduit en confettis. Les miettes de papier virevoltent un ins-

tant avant d'échouer dans la corbeille, et tout autour sur le plancher.

La grand-mère a cessé de lire. Elle replie la lettre et soupire. Dans l'autre chalet, le garçon soupire lui aussi. Sans le savoir, au même moment, tous deux songent de nouveau à cette Nakicha qu'ils aiment tant. Et dans leurs têtes défilent les souvenirs. Ceux de l'été précédent, au lac des Grands-Vents…

Chapitre I
Orage et coup de foudre

Pieds nus, elle marche sur la plage. La chaleur humide est accablante. Les nuages gris et lourds ne se décident pas à crever. Là-bas, derrière les montagnes, le tonnerre gronde. Elle ne l'entend pas.

Nakicha marche sur la plage et elle brasse des idées sombres. Plus sombres que le plus ténébreux des ciels orageux.

Elle meurt de chaleur dans son maillot de nageuse olympique. Pourtant, elle ne veut pas se baigner dans ce lac où grouillent sûrement des tas de bestioles. Nakicha aime l'eau propre et transparente des piscines. À ses pieds, les vagues clapotent. Elle ne les entend pas.

C'est son premier séjour à la campagne. En douze ans, elle n'est jamais sortie de la ville plus que quelques heures à la fois. Ça peut sembler bizarre, mais c'est vrai. La campagne ne l'attire pas.

Nakicha aime la ville, le béton, le trafic, l'agitation et même les parcs aux pelouses rabougries. Pourtant, aujourd'hui, c'est dans un chalet qu'elle se réfugie. Celui de Rosa, sa grand-mère. La ville où elle habite est loin, très loin du lac des Grands-Vents.

Elle marche sur la plage. Près d'elle gambade une jeune chatte siamoise, tout excitée par le foisonnement de plantes et d'odeurs nouvelles. La chatte renifle et court, et renifle encore et miaule à l'adresse de sa maîtresse, comme pour lui dire son bonheur. Nakicha ne l'entend pas.

Une cane et ses canetons contournent le bout du quai et cancanent. La chatte s'aplatit dans le sable, l'oreille en alerte, l'oeil fixé sur les oiseaux qui avancent à la file indienne. C'est la première fois qu'elle rencontre des canards et cet événement la passionne et l'exalte. Sa maîtresse ne s'en rend pas compte.

Nakicha a chaud. Nakicha en a marre. Elle voudrait que l'orage éclate et nettoie le ciel. Et nettoie son coeur plus gris que les nuages. Son coeur plein de tristesse et de ressentiment. Contre ses parents.

La cane étire le cou pour voir le chalet blanc, au-delà du gazon échevelé et long. Près d'elle, se dandinant gauchement sur la plage, ses trois canetons. La cane n'ose pas s'aventurer sur l'herbe et pousse un couac retentissant.

Max sort du chalet. Dans une main, il tient une baguette de pain et, de l'autre, il dirige son fauteuil roulant jusqu'à la grève où l'attendent ses protégés.

Max se penche et deux des canetons viennent chercher des bouchées de pain dans ses mains. Plus fier, ou plus prudent, le troisième reste à l'écart. Max lui lance des boulettes qu'il attrape habilement. L'une de ses pattes est mal formée et le caneton boite un peu en marchant. Max ne peut s'empêcher de préférer celui-là à ses frères. Malgré son handicap, le caneton a beaucoup de cran. Ça lui plaît.

À l'ouest, un rayon de soleil couchant perce soudain l'épaisse couche de nuages. Max lève la tête pour admirer cette apparition inespérée, après une journée si entièrement terne et grise. Et c'est à ce moment-là que, sur la plage, il l'aperçoit...

Le rayon de soleil est braqué sur elle comme un projecteur géant, et sa silhouette dansante brille dans le flamboyant trait de lumière orangée. Max est hypnotisé par cette prodigieuse vision...

La jeune fille déambule avec une grâce époustouflante. Elle avance d'un pas

souple et rythmé, en balançant joliment
ses bras et ses hanches. Sa peau noire re-
hausse l'éclat de son maillot, et des billes
de couleur scintillent dans ses cheveux.

19

Devinant peut-être qu'on l'observe, elle se retourne tout à coup vers Max. Lui, il agite le bras et crie «Bonjour!» d'une drôle de voix rauque qu'il ne reconnaît pas. La jeune fille ne semble ni le voir ni l'entendre. Elle se remet à marcher. Max ne peut détacher les yeux de sa lumineuse silhouette.

Les canards s'impatientent. Ils veulent encore de ce bon pain que le garçon a oublié sur ses genoux. La cane mordille le mollet de Max, qui pose enfin sur elle son regard ahuri.

Nakicha n'a rien entendu. Cependant, elle a très bien vu le garçon qui lui faisait signe. Elle connaît d'ailleurs l'existence du jeune handicapé, car Rosa lui a déjà parlé de son ami de treize ans, en fauteuil roulant.

Mais, aujourd'hui, Nakicha ne veut rien savoir de ce voisin malchanceux, cloué dans son fauteuil pour le reste de sa vie. Aujourd'hui, Nakicha ne veut rien savoir des malheurs des autres. Les siens lui suffisent. Elle est gonflée à bloc par la colère et la tristesse. Un malheur de plus et elle explose!

Vite, elle doit se sauver, avant qu'il s'approche et tente de lui parler.

* * *

Nakicha s'engouffre dans le chalet de sa grand-mère et s'assoit tout de suite au piano. Sa chatte se love près d'elle, sur le banc. Nakicha se détend et la caresse en murmurant:

— Je vais jouer pour toi, ma Féline.

Elle prend une grande inspiration, porte les mains à ses oreilles… et retire ses bouchons.

Le brouhaha de la vie déferle dans ses oreilles, plus fort que nature, peut-être d'avoir attendu si longtemps avant d'entrer: bruits de chaudrons qui s'entrechoquent dans la cuisine, ronronnement du chat, ronflement du frigo, robinet qui dégoutte dans la salle de bains, roulement du tonnerre, grenouilles qui coassent, voitures qui circulent dans la rue…

C'est un mauvais moment à passer. Après quelques instants, le tumulte diminue et devient supportable. Elle peut alors se concentrer sur le son du piano, qu'elle effleure d'abord du bout des doigts, en savourant le timbre de chaque note.

Voilà un mois que Nakicha porte ses bouchons. Auparavant, ses oreilles se faisaient

21

écorcher vives par les cris de ses parents qui ne cessaient de se disputer. Tous les jours, ce n'étaient que réprimandes, jérémiades, accusations, engueulades, méchancetés… et menaces de divorce.

Un beau matin, ses oreilles blessées refusèrent d'en entendre plus. Elles étaient devenues hypersensibles. Le moindre cri, le moindre son discordant provoquait une douleur aiguë dans ses tympans.

Alors, Nakicha enfila des bouchons et un merveilleux silence s'installa en elle. Non, pas tout à fait le silence. Avec ses bouchons, Nakicha entend son propre souffle. Et la musique. Cette amie qui vit en elle.

Nakicha joue du piano. Elle pense à ses parents. Elle se rappelle leur amour exubérant, leurs taquineries, leur tendresse. Deux êtres follement amoureux qu'elle admirait et chérissait. Comment ont-ils pu devenir ces ennemis qui se battent et se déchirent sans merci? La tristesse coule au bout de ses doigts. Le piano pleure.

Comme pour lui faire écho, le ciel échappe quelques larmes. Puis, après un coup de tonnerre retentissant, l'orage éclate pour de bon.

Sur la plage du chalet blanc, les canards se disputent le quignon de pain. Max n'est plus là…

Il est près d'une fenêtre du chalet vert. Tantôt, sans réfléchir, il a roulé jusque-là. Irrésistiblement attiré par la jeune fille, telle l'aiguille d'une boussole par le nord. Et maintenant, il écoute la musique, sous la pluie qui le trempera jusqu'aux os.

Max se fiche de l'orage. La musique l'intrigue et le séduit. Il entend la tristesse, puis la peur et la colère. Qu'elle est

étrange, cette fille qui parle si bien par la voix d'un piano!

Dans le chalet, la musicienne plaque un dernier accord. Dehors, la tempête rage plus fort qu'elle. Nakicha ne peut le supporter.

Elle remet ses bouchons.

Chapitre II
Souriceaux
et chasse d'eau

Max dessine. C'est difficile. Ses mains sont un peu engourdies à cause de sa maladie. La dystrophie musculaire a déjà affaibli ses jambes. Elle grignote à présent la force de ses mains.

Max dessine malgré tout. Une dizaine de croquis s'éparpillent sur son bureau. Une dizaine de croquis… de la même jeune fille. Jolie, la Nakicha, malgré les traits de crayon maladroits!

Par la fenêtre, le paysage lui fait de l'oeil. Lavé par l'orage d'hier, il a la douceur d'une aquarelle. Il est très tôt. Max n'a pas l'habitude de se lever de si bonne heure. Il est surpris de découvrir cette lumière si particulière du matin. Vaporeuse, tamisée…

Dans la chambre, la jeune fille dessinée pose sur lui des yeux de velours. Max la regarde. Lui sourit. Range soigneusement ses croquis dans un tiroir. Met en marche

son fauteuil roulant… Bruit du fauteuil électrique dans le chalet silencieux.

Son père et sa soeur dorment paisiblement, et Max referme doucement la porte de la maison. Il traverse la pelouse encore humide de rosée, contourne un grand jardin de fleurs et s'arrête devant la porte-moustiquaire du petit chalet vert. À travers les mailles du filet métallique se faufilent une bonne odeur de café et la voix mélodieuse de son amie qui chante…

— Rosa, c'est moi, Max!

Rosa ne tarde guère à apparaître. Un large sourire éclaire son visage rond et buriné par la vie en plein air. Dans ses cheveux courts, aucun fil d'argent ne trahit ses soixante-douze ans. En forme, la grand-mère, malgré son âge! Et chaleureuse, et bavarde avec ça… Max ne peut placer un mot.

— Entre donc. J'ai préparé du café et du chocolat. Et je cuisinerai des crêpes, tout à l'heure. As-tu faim? Tu pourrais manger avec nous. J'ai de la belle visite. J'ai hâte de te présenter ma petite-fille!

Dans la chambre d'amis, Nakicha dort. Aucun son ne trouble son sommeil. Elle porte ses bouchons.

Max se verse une tasse du chocolat que Rosa garde au chaud sur la cuisinière. Puis il reste là, à tendre l'oreille.

— J'entends de drôles de bruits.

Rosa s'approche et ne distingue tout d'abord aucun son bizarre. Elle augmente le volume de son appareil auditif.

— Hum! J'entends, moi aussi. Et je crois savoir ce que c'est…

Rosa fouille systématiquement. Les uns après les autres, elle ouvre tiroirs et armoires. Finalement, c'est sous la cuisinière qu'elle les découvre: quatre souriceaux naissants, qui gémissent de leurs minuscules voix.

Les petits, encore aveugles et dépourvus de poils, sont tout seuls dans le nid.

— Hier, j'ai trouvé une souris morte au grenier, annonce Rosa.

— Tu supposes que c'est leur mère?

Rosa opine de la tête et échange avec Max un regard navré.

— Il va falloir s'en débarrasser.

— D'après mon père, le moyen le plus rapide et le moins douloureux, c'est de les assommer par terre…

— Je me sens incapable de faire ça. Tu le peux, toi?

Le garçon contemple les souriceaux et grimace.

— Allons-y avec ma méthode, décide Rosa.

Elle s'accroupit et dépose les souriceaux dans son tablier.

C'est ce moment-là que choisit Nakicha pour se réveiller. Quand elle sort de sa chambre, elle aperçoit tout d'abord le voisin en fauteuil roulant. Désagréablement surprise, elle veut faire demi-tour. Mais voilà Rosa qui se relève et se dirige d'un pas énergique vers la salle de bains, le garçon à ses trousses.

Intriguée, Nakicha enlève ses bouchons. Juste à temps pour entendre le bruit de la chasse d'eau qu'on actionne une première fois. Puis une deuxième fois.

Curieuse, elle rejoint les deux autres et c'est là que, horrifiée, elle voit Rosa noyer le troisième souriceau dans la cuvette.

Max est tout penaud, Nakicha ne peut articuler un mot et Rosa termine sa déplaisante corvée. Le dernier souriceau disparaît à son tour dans le tourbillon d'eau. Rosa croise le regard scandalisé de Nakicha.

— Je ne pouvais pas faire autrement! s'excuse-t-elle.

— Tu les as tués, c'est dégoûtant! lui reproche Nakicha.

— Ils ne pouvaient pas survivre. Leur mère est morte.

— Comment le sais-tu?

— Elle s'est prise dans un de mes pièges.

— Quoi! Tu as tué la mère aussi!

— Voyons, Nakicha, dans un vieux chalet comme le mien…

Dans la tête de la jeune fille, une bulle de souffrance éclate.

— … les souris causent beaucoup de dégâts…

Nakicha étouffe le cri qui veut franchir ses lèvres.

— … Elles grignotent les fils électriques et…

Nakicha court s'enfermer dans sa chambre.

Un silence embarrassé flotte quelques instants entre les deux amis. Puis, un peu nerveusement, Rosa se met à rire.

— Max, je te présente Nakicha, ma petite-fille.

Le garçon est dépité, atterré. Pour une première rencontre, il ne pouvait souhaiter pire.

* * *

Dans la chambre, Nakicha s'est recouchée. Elle est bouleversée et ne comprend pas pourquoi la mort des souriceaux la choque à ce point. Son adorable grand-mère a farci le chalet d'horribles trappes à souris. Elle n'est certes pas enchantée de l'apprendre. Mais, tout de même, sa grand-mère n'est pas cruelle…

Dans la cuisine, Rosa se confie à Max.

— Ses parents pensent divorcer, et c'est très dur pour Nakicha d'accepter cette situation. Elle est peut-être plus fragile parce qu'ils l'ont adoptée… En tout cas, elle a l'impression qu'on la rejette une deuxième fois.

— C'est pour ça que tu l'as invitée au lac? demande Max.

— Oui. J'ai envie de lui donner un coup de main. Tu veux faire équipe avec moi?

— Oui, bien sûr.

Rosa est contente et Max ajoute, avec un sourire malicieux:

— Est-ce qu'on se débarrasse de tes trappes à souris?

Chapitre III
Les roses de Rosa

Nakicha fait des gammes au piano. Comme chaque jour, depuis des années.

Elle aime faire des gammes. Ces exercices répétitifs lui délient les doigts. Et parfois, comme aujourd'hui, ils délient les noeuds dans sa tête.

Nakicha ne badine pas avec ses études de musique. Elle est prête à tous les efforts pour perfectionner sa technique, pour entretenir sa passion.

Rosa admire la ténacité et le talent de sa petite-fille. Elle est contente que le piano soit si important pour elle. En plus, elle aime que son vieux chalet résonne à nouveau du chant si vivant de cet instrument. La musique réveille le fantôme de son cher Sylvio. Lui aussi s'installait pendant des heures au piano.

Devant son chevalet, Rosa écoute et elle peint. Elle croque avec un plaisir évident la pose de la chatte endormie. Couchée

sur le dos, exposant candidement son ventre au poil beige et soyeux, Féline semble sourire. Rosa lui trouve l'air adorable. Nakicha sera sûrement heureuse de recevoir cette toile en cadeau. Elle l'aime tellement, sa Féline.

Le téléphone sonne. La jeune fille continue ses gammes. Rosa met bientôt la main sur son épaule:

— C'est ta mère.

Les doigts de la pianiste trébuchent sur les notes. Nakicha plante son regard dans celui de sa grand-mère.

— Je ne veux pas lui parler.

Rosa soupire. La quitte quelques instants. Et revient s'asseoir près d'elle.

Nakicha a cessé de jouer. Une grosse boule dure bloque sa gorge. Silence… Puis Rosa propose:

— J'aimerais que tu m'accompagnes. Mes fleurs ont besoin d'être dorlotées et ton aide me serait précieuse.

* * *

À peine sortie du chalet, Nakicha fait mine de remettre ses bouchons. Rosa retient son bras, l'air malicieux:

— Tu veux que je bavarde toute seule?

— Excuse-moi, c'est par habitude.

Rosa enfile lentement ses gants de jardinage:

— Pourquoi portes-tu ces bouchons, même ici? C'est loin d'être bruyant, la campagne!

Nakicha réfléchit avant de répondre:

— J'ai envie de choisir ce que j'entends, grand-maman. La vie crie trop fort après moi. Je ne l'aime pas beaucoup, la vie, ces temps-ci…

Rosa examine sa petite-fille avec tendresse et compassion. Puis elle lui prend la main et l'entraîne dans son jardin de roses. Elle se penche vers un arbuste débordant de superbes fleurs rouges et odorantes.

— Moi, quand je suis triste ou que Sylvio me manque trop, je recherche la compagnie de mes roses.

— Tu t'ennuies souvent de grand-papa?

— Je l'adorais, tu sais. Sans lui, mon existence est parfois vide et grise. C'est pour ça que j'aime contempler les roses. Leur extravagante beauté me rappelle que la vie est magnifique, malgré tout.

Sans rien dire, Nakicha respire le parfum d'une fleur.

— Allez, aide-moi à arracher ces mauvaises herbes avant qu'elles étouffent mes beaux rosiers!

* * *

Débarrassés des envahisseurs, les rosiers respirent librement. Rosa coupe quelques fleurs et compose un bouquet. Sur le lac, la famille de canards fait sa balade de fin de journée. Rosa les montre du doigt:

— Les canards de Max. Ils le visitent tous les jours.

— Ils ne s'arrêtent pas ici?

— Non, je ne les nourris pas.

Nakicha est songeuse:

— Je n'étais pas très drôle, ce matin. Je devrais m'excuser auprès de ton ami…

— Bonne idée, l'encourage Rosa. Apporte-lui ce bouquet. Si tu ne sais pas quoi raconter, les roses parleront pour toi. Laisse-moi seulement le temps d'en ajouter deux ou trois.

Nakicha sourit à sa grand-mère, qui lui rend son sourire. Rosa est fière. Sa petite-fille a du cœur et du courage. Elle la regarde s'éloigner de son pas dansant.

* * *

Max est dans tous ses états lorsqu'il aperçoit Nakicha. Il cherche quelque chose à dire, de gentil, d'intelligent… Il ne trouve pas, elle prend les devants:

— Je m'excuse de t'avoir si mal accueilli, ce matin.

— Oh, c'était normal que tu sois choquée. Des souris qu'on sacrifie, ce n'est pas un spectacle emballant!

— J'ai apporté des fleurs, pour ta mère.

Max reste interdit quelques secondes.

— Ma mère est morte… Mais mon père, ma soeur et moi, on adore les roses.

— Je suis désolée, je ne savais pas… Décidément, je ne fais que des gaffes, ici.

Les canards délaissés réclament leur pitance. Max est heureux de cette diversion.

— Tu veux du pain? Ils le mangeront dans tes mains, si ça te plaît.

Nakicha en prend quelques morceaux et s'accroupit. Deux des petits la rejoignent aussitôt.

— Ils sont mignons, s'exclame-t-elle en souriant.

Les canetons gobent le pain. Max dévore Nakicha des yeux. C'est la première fois qu'il la voit sourire. Qu'elle est belle avec ses yeux qui brillent…

Toujours prudent, le troisième caneton ne s'approche qu'un peu, en boitillant. Nakicha découvre avec inquiétude sa patte déformée.

— Oh! celui-là est blessé! Il doit souffrir!

— Non. Il a juste un défaut de fabrication… comme moi! explique Max avec un détachement apparent.

Pourtant, il est tout à l'envers. La vérité qu'il parvient souvent à oublier lui retombe durement sur le nez. Il se juge laid et difforme, incapable de plaire à une fille.

Nakicha a senti son désarroi. Elle ne peut retenir un élan de compassion vers le garçon en fauteuil roulant.

— Et toi… ta maladie te fait souffrir?

— Non, ce n'est pas douloureux. C'est juste… inconfortable.

Visiblement, Nakicha ne le croit qu'à moitié. Et Max s'empresse d'en rajouter, pour ne pas qu'elle le prenne en pitié:

— Tu sais, il y a beaucoup de maladies pires que la mienne: le cancer, le sida, les maladies mentales…

Nakicha sourit à Max. Le garçon a du cran. Ça lui plaît. Elle est surprise de se sentir à l'aise en sa compagnie.

Non loin de là, un voisin met en marche sa tondeuse à gazon. Le petit tracteur fait un vacarme assourdissant. Nakicha ne peut supporter ce boucan. Elle se bouche les oreilles et trépigne.

— Bon, je dois partir. On se voit demain, si tu veux. Rosa t'invite à souper.

— Je viendrai.

Nakicha se sauve en cabriolant comme une jeune biche. Pendant un instant, Max s'imagine gambader derrière elle en riant.

Il baisse la tête. Dans ses mains, les roses rouges resplendissent. Max est triste et, malgré leur beauté, les fleurs ne pourront le consoler.

Chapitre IV
Cru ou cuit?

Par temps calme, Nakicha réussit à enlever ses bouchons. Elle supporte de mieux en mieux les murmures incessants de la nature et parfois, même, elle les apprécie: bruissement des feuilles, clapotement de l'eau, gazouillement des oiseaux.

Mais c'est jour de grand vent aujourd'hui. Le vent hurle et vocifère, les vagues claquent, les arbres grincent, le chalet craque. La nature semble en colère et Nakicha n'aime pas ses grands airs. Ses bouchons la mettent à l'abri du raffut.

Douillettement installée sur le sofa, elle lit. Elle découvre la vie tumultueuse de Beethoven, un musicien qu'elle admire.

C'est la fin de l'après-midi et Max fait une entrée que seules Rosa et Féline remarquent. La chatte frotte sa tête contre les genoux du garçon et renifle ses mains avec excitation. Rosa est presque aussi excitée que la chatte en découvrant la surprise qu'apporte son jeune ami.

— Des achigans! s'exclame-t-elle avec ravissement.

— Mon père les a pêchés tantôt. Il était sûr que ça te ferait plaisir.

Rosa est enchantée et décide de les apprêter sans tarder. En se rendant à la cuisine, elle tapote l'épaule de Nakicha et lui crie:

— Notre invité est arrivé!

Puis elle explique à Max, deux tons plus bas:

— Elle porte ses bouchons!

Nakicha offre au garçon l'un de ses plus beaux sourires et, lui montrant son livre, elle précise:

— Je termine le chapitre et je te rejoins.

Max rougit jusqu'aux oreilles et s'empresse de suivre Rosa. Sur la table, celle-ci étale plusieurs couches de papier journal. Max y dépose les poissons entiers, dont il faut prélever les filets.

Nakicha apparaît peu après dans la porte de la cuisine. Armés de leurs couteaux, les cuisiniers s'apprêtent à découper. Avec un haut-le-coeur, Nakicha distingue les lames qui percent la peau lustrée et tranchent la chair des poissons. Le sang rougit les lames et coule sur le papier.

Nakicha recule. Elle ne veut pas voir ça. Pas question non plus qu'elle fasse un esclandre, comme l'autre jour, à propos des souriceaux. Le coeur battant, elle se

réfugie sur la véranda. Elle s'assoit et se remet à lire, pour tenter de se calmer.

Aussitôt, une mouche se hâte de lui tourner autour. Avec ses bouchons, Nakicha ne peut l'entendre. Elle la voit cependant atterrir sur l'un de ses doigts et secoue machinalement la main pour l'éloigner. La mouche rapplique sans tarder. Elle se pose sur son nez, puis sur le livre que Nakicha agite avec impatience. La mouche est ainsi propulsée dans une toile d'araignée.

Nakicha remarque à présent cette grosse toile suspendue près d'une fenêtre. Au centre, immobile, l'araignée. Plus loin, engluée dans les fils, la mouche qui se débat. Nakicha observe la scène, fascinée malgré elle.

L'araignée se met en marche et, soudain, Nakicha s'étonne de ressentir de la pitié pour l'insecte pris au piège. La mouche essaie de toutes ses forces d'échapper à son sort… Et la mort s'approche lentement d'elle, sous la forme de cette hideuse créature poilue qui la saisit bientôt entre deux bras crochus…

La mouche ne bouge plus. L'araignée s'affaire à l'emballer de fils de soie. La mouche est momifiée vivante. Quelle horrible destinée!

Nakicha a envie de pleurer. Elle déteste sa sensiblerie. Quelle idée ridicule, de s'apitoyer sur le sort d'une mouche!

Et puis non! Tout le monde peut s'émouvoir de la mort d'une gazelle ou d'un phoque, sans être traité d'hurluberlu. La mouche a la malchance d'être minuscule. Pourquoi la vie des petits aurait-elle moins d'importance que celle des grands?

* * *

Nakicha s'assoit au piano. Retire ses bouchons. Se met à jouer. Elle pense à tous les insectes qu'elle a écrasés d'un geste inconscient. Elle plaint les milliers de bestioles qui, chaque minute, sont avalées, dévorées, massacrées.

Le piano égrène ses notes. Ça grince, ça fait mal aux dents...

Max lance à Rosa une oeillade interrogative: «Tu sais ce qu'elle a?» Rosa hausse les épaules, l'air de dire: «Je n'en ai aucune idée!»

Rosa réprime une féroce envie de baisser le volume de son appareil auditif. Max comprend que, dans certaines occasions, des bouchons lui seraient utiles.

Ouf! Nakicha cesse de jouer. Elle se tourne vers eux, presque sereine. Le piano l'a encore aidée à digérer un drame, même si celui d'aujourd'hui est de l'ordre du minuscule.

— Qu'est-ce que c'est, ce morceau-là? questionne Rosa.

— Je l'ai composé à l'instant. Je l'appellerai *La mouche et l'araignée*.

Et, sous le regard ahuri des deux autres,

Nakicha recommence à jouer. Elle inter-
prète, cette fois, une pièce de Beethoven,
tragique et passionnée.

* * *

Rosa et Max ont en commun une délicieuse gourmandise et l'amour de la gastronomie. Ils ont concocté ensemble un succulent repas: champignons sautés en entrée, filets d'achigan à la crème, riz sauvage, salade d'endives et de cresson. Pour le dessert, une tarte au citron. Rosa n'en prendra qu'une bouchée. Quand on est diabétique, le sucre est une douceur à éviter.

L'entrée avalée, Rosa sert le poisson.

— Tu m'en donneras des nouvelles. C'est fin, ça goûte les noix, glisse-t-elle à Nakicha.

Nakicha lorgne son filet de poisson. Elle imagine l'achigan, plein de vie dans son royaume aquatique. Elle revoit les lames des couteaux et le journal souillé de sang.

Nakicha fixe son assiette. Les animaux dévorent leurs proies toutes crues. Les hommes les mangent bien cuites. Où est la différence?

Elle a soudain un goût de sang dans la bouche. De sang rouge, cru, vivant…

Elle se lève et se précipite aux toilettes. Elle vomit.

Chapitre V
Le festin de Féline

Nakicha est assise sur un banc, au milieu des roses. Elle réfléchit. Elle a envie que ses parents l'aiment, plus fort que tout, plus fort qu'eux-mêmes. Mais ça ne se passe pas comme ça. Ses parents sont égoïstes et cruels. Ils vont se séparer, sans égard pour leur fille. Elle leur en veut.

Nakicha prend une grande inspiration. Les fleurs sentent bon. Elle a envie de choisir ce qu'elle entend, ce qu'elle voit, ce qu'elle respire. Elle a envie de gouverner sa vie. Mais ça ne fonctionne pas. Sa vie ne se laisse pas faire. Et elle n'est pas assez forte pour l'obliger à obéir. Elle s'en veut.

Le ciel déroule son bleu dur au-dessus du lac. Il fait très chaud. Il n'a pas plu depuis une semaine. Depuis l'orage du jour de son arrivée.

Nakicha est très mécontente. Elle a voulu fuir un problème et elle doit en

affronter de nouveaux, auxquels elle ne s'attendait pas, et qui la désarçonnent. Elle a l'impression qu'un nuage noir s'obstine à la suivre partout et à assombrir ses journées.

À présent, elle ne supporte plus l'odeur de la viande et du poisson. Et l'idée d'en avaler une seule bouchée la dégoûte. Nakicha est découragée. Rosa la réconforte de son mieux. Elle l'écoute, la rassure:

— Ne t'inquiète pas trop. Tu apprendras à vivre avec ta sensibilité. Tu seras heureuse malgré elle, et grâce à elle.

Pour le moment, au contraire, Nakicha se trouve laide et compliquée, faible et éclopée.

Elle cherche Féline des yeux. Elle la repère vite, endormie à l'ombre d'un arbre. Rosa fait également la sieste, dans la maison. Nakicha ne veut pas la réveiller en jouant du piano. Que pourrait-elle bien faire?

* * *

Max est immergé jusqu'à la taille. En face du chalet blanc, la plage de sable descend en pente douce. Quand Max a le goût d'une baignade, il s'installe dans son vieux fauteuil manuel et roule dans l'eau.

Nakicha est épatée de le voir barboter, ses canards autour de lui. Qu'il est beau, jouant ainsi avec ses oiseaux! Ce drôle de bonhomme ne ferait pas de mal à une mouche. Les canards doivent le sentir.

Max est ravi de cette visite inattendue.

— Tu viens te baigner?

— Je n'ai pas mon maillot. Je voulais juste te saluer.

La cane plonge la tête dans l'eau. Ses canetons se dépêchent de l'imiter. Nakicha rit de les voir basculer à qui mieux mieux, le bec dans l'eau, la queue dans les airs.

Max est content de l'entendre rire. Il rêve d'être amusant, pour la faire rire tout le temps. Il voudrait savoir ce qu'elle aime et ce qu'elle déteste. Il souhaiterait mieux la connaître, la rencontrer plus souvent. Jamais il n'osera lui avouer tout ça. S'il l'osait, elle se sauverait sans doute en courant...

— Tu as tort de ne pas te baigner. L'eau est bonne, lui dit-il à la place.

Nakicha trempe le bout d'un pied dans

l'eau tiède et transparente. Elle distingue
les pattes palmées des canetons qui nagent
près de Max et semblent la narguer.

Sans plus réfléchir, elle se jette à l'eau
tout habillée. Max est épaté de la voir

59

plonger. Les canards s'agitent et s'éparpillent lorsqu'elle ressurgit près d'eux.

— Tu as menti. Elle est froide, reproche-t-elle à Max, le moins sérieusement du monde.

Elle se laisse flotter sur le dos. Ses pensées voguent librement sur l'eau lisse et bleue… Elle aime cette vigueur et cette douceur qu'elle découvre en Max. Elle aime la lumière dans ses yeux quand il la regarde. Elle en oublie que ce garçon est gravement handicapé.

* * *

La baignade est finie. Sur la grève, près de Max, deux canetons s'ébrouent pour se sécher. Nakicha les imite et secoue énergiquement ses multiples tresses.

Le chant strident d'une cigale crisse dans l'air chaud et Nakicha ne grimace même pas. C'est la première fois qu'elle se sent vraiment bien au lac. Max a appris à vivre au présent. Il profite pleinement de ce moment de complicité presque magique…

Puis tout se précipite. Féline surgit d'un buisson où elle s'était discrètement embusquée. Elle fonce sur un caneton et l'attrape par le cou.

La cane se met à crier et à battre frénétiquement des ailes. Nakicha s'énerve et crie elle aussi. Surprise par ce concert de réprobations, la chatte hésite un instant, avant de se sauver, ventre à terre, sa proie dans la gueule.

La cane ne cesse de s'égosiller, et Nakicha se lance à la poursuite de la fugitive en continuant de la réprimander. Max démarre le plus vite qu'il peut, mais les roues de son fauteuil s'enlisent dans le sable.

— Nakicha! J'ai besoin d'aide!

À contrecoeur, Nakicha retourne près de Max pour l'aider à se dépêtrer de cette fâcheuse posture.

C'est derrière le chalet qu'ils retrouvent enfin Féline. La chatte joue avec le caneton comme si c'était une balle de laine. Avec plaisir et entrain.

Indignée, Nakicha se remet à la gronder. La chatte ne comprend pas l'attitude de sa maîtresse. Elle s'attendait plutôt à ce qu'elle la complimente pour son exploit! Elle laisse tomber le caneton. Celui-ci tente de se remettre debout et bascule pitoyablement sur le flanc…

Nakicha veut s'élancer à son secours. Max l'en empêche:

— Oublie ça. La blessure est trop grave, il ne survivra pas de toute façon…

Nakicha est décontenancée, paralysée,

muette. Féline saisit à nouveau sa proie, d'un coup de dents lui rompt le cou, et commence à la dévorer avec appétit. Nakicha fixe avec dégoût ses babines rougies par le sang de sa victime. Dans sa tête résonne un cri de douleur. Nakicha serre les dents.

Elle jette à Max un regard désolé puis, sans un mot, elle déguerpit. Il n'a pas le temps de la retenir. Impuissant, il la suit des yeux. Décidément, cette fille est compliquée. On dirait qu'elle arrive d'une autre planète, où la douleur et les tracas n'existent pas.

Max soupire et se retourne vers la chatte. Féline croque le caneton avec application.

— Déguste-le bien, Féline. C'est le seul caneton que tu mangeras, crois-moi.

Chapitre VI
Tarte de riz et pizza de polenta

Rosa plonge le nez dans son livre de recettes tout neuf: *Les joies de la cuisine végétarienne*. Elle le feuillette sans entrain, en s'attardant parfois sur un titre évocateur: tarte de riz complet, croquettes de soya, pizza de polenta…

Rosa cherche une recette aussi alléchante qu'un confit de canard ou qu'un rôti de porc. Cette semaine, elle a déjà cuisiné des fèves sans lard et des lasagnes au tofu. Ces essais ne l'ont pas convaincue. Elle persévère cependant et ne ménagera pas ses efforts pour aider sa petite-fille.

Elle se décide pour un soufflé au fromage que Nakicha appréciera peut-être, avec un peu de chance. La pauvre enfant! Depuis deux jours, elle se terre dans sa chambre. De temps à autre, elle se traîne jusqu'à la cuisine pour grignoter un peu. Heureusement, elle n'a pas complètement perdu l'appétit!

N'empêche, Rosa est inquiète. Si ça continue, elle devra se résoudre à avertir ses parents. Ce qui n'arrangerait sans doute pas les choses… Rosa est perplexe. Le désarroi de Nakicha est plus profond qu'elle ne l'avait cru au début. Le possible divorce de ses parents l'ébranle et la blesse terriblement.

Pourquoi les parents d'aujourd'hui divorcent-ils au premier coup dur? Dans son temps, on ne pensait même pas à se séparer. Rosa se sent vieille et dépassée par les événements. Elle ne peut retenir quelques larmes qu'elle écrase avec dépit au coin de ses yeux.

Dans un cadre suspendu au mur, Sylvio la fixe d'un air coquin. Rosa regrette l'absence de son complice. «Si tu étais là, tu ne rirais pas, songe-t-elle. Tu lui ferais toute une scène, à notre fille. Et elle l'aurait mérité. Ce n'est pas comme ça qu'on l'a élevée!»

Rosa est fâchée contre sa fille et son gendre. Elle leur en veut de causer tant de peine à Nakicha. La petite est tellement perturbée qu'elle ne perçoit plus que la souffrance, partout autour d'elle. Sa joie a disparu, son bonheur a fondu.

Rosa se ressaisit. L'amour vient à bout de tous les problèmes, elle en est persuadée. La petite s'en sortira grâce au flot d'amour qu'elle déversera sur elle. Tout va s'arranger. Il lui suffit d'être patiente. Le soufflé est une bonne idée. Ça leur remontera le moral, à toutes les deux.

La porte de la chambre est fermée. De l'autre côté, le silence… Rosa hésite une seconde, puis elle fouille dans le réfrigérateur. Elle en extrait un gros jambon dont elle se sert une large tranche. Ravigotée, elle commence à préparer le soufflé.

* * *

Nakicha est assise sur son lit. Près d'elle, quelques livres et des feuilles de musique. Sur l'une d'elles, un titre: *Le festin de Féline*, et une portée, vide.

Nakicha n'arrive pas à composer cette pièce. Les chats mangent les petits animaux, c'est dans l'ordre des choses, tout le monde le sait. Mais Féline s'est surpassée: c'est un jeune oiseau qu'elle a dévoré. Et pas n'importe lequel! Un caneton apprivoisé… Nakicha est incapable de digérer cet épisode malheureux.

Et puis elle refuse d'accepter cette nouvelle image de la chatte. Jusqu'à maintenant, Féline était pour elle une compagne affectueuse et enjouée, qui lui parlait, la consolait, la faisait rire. Féline était presque une personne. Et voilà que, soudainement, elle redevient un animal soumis à ses plus bas instincts. Une chasseuse féroce qui s'amuse en torturant un caneton mourant…

Pourquoi la nature est-elle si cruelle?

Pourquoi les animaux doivent-ils tuer pour vivre? Partout, cette pyramide de proies et de prédateurs. Partout, les batailles sanglantes, la douleur et la mort.

La souffrance coule en Nakicha comme l'eau d'une rivière rouge. Nakicha pleure des larmes de sang.

Et les humains, ces grands animaux intelligents, que font-ils de mieux ? Les humains mangent les animaux. Les humains se détestent et se font souffrir. Ils s'entretuent, au nom de l'amour ou de leur religion. Depuis leur arrivée sur terre, sans cesse et sans pitié, ils se font la guerre.

La souffrance coule en Nakicha, grise et sale comme un fleuve boueux. Nakicha pleure des larmes d'eau et de sable qui égratignent ses yeux.

La vie est cruelle. La vie n'a pas de sens.

Dans la tête de Nakicha naît un cri qui enfle et prend toute la place. Elle enlève ses bouchons et les lance avec colère au bout de ses bras.

Avec ou sans bouchons, c'est tout aussi affreux.

* * *

Ce matin encore, il a rêvé d'elle. En s'éveillant, il a gardé ses yeux clos, pour vivre son rêve plus longtemps… Nimbée de sa grâce habituelle, Nakicha plonge et nage avec les canards. L'eau ruisselle sur son visage noir et brillant, et son sourire éclate de soleil. Max plonge à son tour et embrasse avec fougue son visage mouillé…

Les images de ses rêves frémissent devant les yeux du garçon. Depuis deux jours, il ne voit plus la vie qu'à travers ce voile léger et transparent. Et il est malheureux.

Il voudrait prendre soin d'elle et la rendre heureuse. Il en est incapable. Nakicha s'enfonce de plus en plus dans son désarroi et sa tristesse.

Max est persuadé qu'il n'est pas attirant et que jamais l'amour ne lui sourira. Il ne peut néanmoins s'empêcher d'espérer l'impossible. Il ne peut se résoudre à jeter ses rêves dans l'oubli. Alors, il s'acharne à les dessiner. Les croquis de Nakicha se multiplient, remplissent tout un tiroir.

Son père et sa soeur semblent ignorer son émoi. Et s'ils le devinent, ils prennent bien soin de respecter son silence. Max prétexte la fatigue pour se réfugier plus souvent dans la solitude de sa chambre.

70

Aujourd'hui encore, il dessine. Une aquarelle, cette fois. Il veut reproduire le sourire ensoleillé de son rêve. Son pinceau tente de traquer l'ombre et la lumière, de nuancer les couleurs. Mais sa main malhabile trahit la délicatesse du souvenir, dilue la beauté du visage.

Max lance le pinceau au bout de ses bras. Avec ou sans couleurs, ses dessins sont tout aussi affreux!

Chapitre VII
Cris et clochettes

Depuis quelques jours, la vie de Féline a changé sans qu'elle sache pourquoi. Chaque fois qu'elle parvient à approcher sa maîtresse, celle-ci la repousse et lui claque la porte au nez. Le soir, c'est chez le garçon qu'elle mange et qu'elle dort. Le jour, on la laisse dehors.

Encouragée par sa première capture, Féline s'embusque souvent dans les longues herbes près de la plage que visitent les canards. Pendant des heures, elle sommeille en les attendant. Cependant, elle ne dort que d'un oeil, et leur arrivée la réveille instantanément.

Aujourd'hui encore, le plus gros oiseau cancane pour appeler le garçon. La chatte est à l'affût. Elle voit l'un des petits s'aventurer sur la plage. Au comble de l'excitation, elle bondit sur l'imprudent et… Tonnerre! Le caneton réussit à s'enfuir. Le bruit de la clochette l'a fait déguerpir.

Féline est vexée. Affublée de cette clochette, elle ne peut chasser sans ameuter tout le quartier!

La tête haute, elle s'éloigne en dédaignant les cris de la cane courroucée. Elle décide d'aller fouiner près du chalet vert, et là, coup de chance! La porte est entrouverte. Rien de plus facile que de se faufiler à l'intérieur.

L'odeur de sa maîtresse réjouit immédiatement son odorat. La chatte sautille jusqu'à la chambre et gratte à la porte en miaulant. Mais sa maîtresse la remet dehors. Sans la plus petite caresse, sans le moindre mot doux.

Féline ne comprend plus rien. Féline est déprimée. La queue basse, elle se lamente et tourne en rond. Puis elle s'affale de tout son long en plein milieu de la rue.

Par la fenêtre, Nakicha l'aperçoit. Elle n'a pas le temps de s'inquiéter que, déjà, Rosa se dirige vers la chatte à grandes enjambées. Elle se propose visiblement de la déloger.

Dans la courbe du chemin surgit alors une voiture qui file à toute allure. Nakicha a l'impression de recevoir un coup de poing dans l'estomac. Rosa se penche

pour prendre la chatte dans ses bras. Le
conducteur klaxonne et appuie à fond sur
les freins. Féline saute sur ses pattes, Rosa
lève la tête, le crissement des pneus déchire le silence.

Un cri aigu et strident se mêle au hurlement des pneus. C'est Nakicha qui a crié, sans s'en rendre compte. Dans sa tête, un gros bloc noir et dur écrase tout. Elle se sent glisser dans le vide et perd connaissance.

* * *

Lumière glauque. Ses paupières sont lourdes. Son corps est pesant…

Éclairs rouges. Sa hanche et son épaule droites lui font mal…

Murmures chuintants quelque part au-dessus d'elle. Son cerveau engourdi ne distingue pas le sens des paroles qu'elle entend…

Fraîcheur de l'eau sur son front. Elle se sent remonter à la surface…

Clarté foudroyante! Elle revoit la voiture qui fonce à toute allure.

D'un mouvement brusque, elle se redresse et crie:

— Grand-maman!

— Tout va bien, je suis là, fait la voix tranquille de Rosa.

Nakicha écarquille les yeux en l'apercevant, assise près d'elle sur le lit, une débarbouillette mouillée à la main.

— Grand-maman! J'ai eu tellement peur de te perdre!

Secouée de violents sanglots, Nakicha se jette dans les bras de sa grand-mère. Elle est à la fois soulagée et bouleversée. Elle comprend soudain qu'on peut aimer quelqu'un et le faire souffrir sans le vouloir.

— Je t'ai fait de la peine, j'ai été détestable, je regrette, je t'aime.

— Je le sais. Moi aussi, je t'aime.

Rosa étreint sa petite-fille et la berce tendrement. Nakicha se calme. Dans le silence de la chambre, bourdonnement d'un moustique. Puis bruit sec d'une tape sur la peau. Nakicha sursaute et se retourne. De l'autre côté du lit, elle aperçoit Max, muet comme une carpe.

— Que fais-tu là, toi? s'exclame-t-elle, surprise.

Rosa éclate de rire:

— Max t'a entendue crier et il est accouru. Son fauteuil est un vrai bolide!

— J'ai crié si fort que ça?

— Il aurait fallu que je sois sourd pour ne pas t'entendre! lui confirme Max.

— Je suis contente que tu sois là, souffle Nakicha.

Subitement, elle s'affole à nouveau:

— Et Féline? Est-ce qu'elle est…?

— Elle n'a rien, la rassure Rosa. Nous avons eu beaucoup de chance, toutes les deux.

— Féline, Féline, où es-tu? appelle Nakicha.

Son d'une clochette sous la commode. La chatte risque un oeil hors de sa cachette…

— Viens ici, mon chaton, mon bébé!

Féline bondit sur le lit et se frotte contre la joue de sa maîtresse. Elle ronronne comme quatre et manifeste une joie délirante. Fraîcheur du museau sur la peau, tintement effréné de la clochette près de l'oreille. Nakicha flatte la chatte et la minouche sans retenue.

Puis elle relève la tête et réalise soudain à quel point elle est chanceuse. Elle se réveille d'un cauchemar et ceux qu'elle aime sont près d'elle, la couvant de regards affectueux. Les larmes embuent de nouveau ses yeux.

Intimidé par ces effusions de tendresse qui n'en finissent plus, Max se racle la gorge et annonce:

— Je dois me sauver. Mes canards m'attendent.

Nakicha a le menton qui tremble.

— Je crois que je vais me reposer un peu, moi.

Rosa l'embrasse sur le front.

— Bonne idée. Ça te fera du bien, après toutes ces émotions.

* * *

Rosa raccompagne Max jusqu'à la véranda. Elle pose la main sur son épaule:

— Merci d'être venu. Et ne t'inquiète pas. Notre Nakicha va retrouver sa joie de vivre, mon petit doigt me le dit.

Max sourit et franchit la porte. Rosa reste sur le seuil tandis qu'il s'éloigne. Elle a l'impression que ce gros secret qu'il tente de cacher s'échappe par tous les pores de sa peau. «Cher Max, pense-t-elle. Pas besoin de mon petit doigt pour deviner ton secret!»

Songeuse, elle revient au salon. Nakicha est assise sur le sofa, Féline sur les épaules, le téléphone sur les genoux. Elle compose un numéro, patiente quelques secondes en jetant un coup d'oeil complice à Rosa puis, d'une voix émue, dans le combiné:

— Allô, maman? C'est moi…

Rosa soupire de contentement et s'éclipse discrètement.

Chapitre VIII
Les choses les plus importantes

Nakicha sort du chalet vert. S'étire comme Féline. Écoute avec plaisir. Les bruits de la campagne pianotent sur le silence matinal: clapotis de l'eau, frémissement des feuilles, cri d'un écureuil, babillage d'un merle, tambourinement d'un pic-bois sur un arbre…

Elle se couche ensuite par terre, sous le ciel immense. Dans ses oreilles, chuchotement de l'herbe froissée qui se redresse.

Nakicha apprécie la campagne, maintenant. Elle profitera pleinement d'une autre semaine de vacances chez Rosa. Après, sa mère viendra la chercher. Depuis quelques jours, elles se téléphonent souvent, toutes les deux. Elles bavardent longtemps, à coeur ouvert.

Ses parents ont décidé de se séparer temporairement. Pour cesser de se battre et tenter d'y voir clair. Rien ne garantit qu'ils vivront de nouveau ensemble. En tout cas, Nakicha ne veut pas se faire d'illusions. Elle tente plutôt d'imaginer une nouvelle vie de famille, éclatée, transformée.

Sa détresse est disparue. Ce ne sera pas facile, mais ses parents continueront de l'aimer, quoi qu'il arrive. Elle pourra toujours compter sur eux. Elle le sait aujourd'hui.

Nakicha respire à pleins poumons et se délecte goulûment du suave arôme des roses. Tout à coup, juste au-dessus de sa tête, de lourds battements d'ailes…

Un grand héron la survole. Nakicha discerne le gris bleuté de ses plumes et ses longues pattes maigres. Fascinée, elle le suit des yeux. L'oiseau se dirige vers la plage voisine.

Au bord de l'eau, dans son fauteuil roulant, Max rêvasse en admirant la lumière sur le lac. Le héron se pose près de lui. Le garçon ne bouge pas. Retient son souffle. Réprime son envie d'étirer le bras pour caresser l'oiseau…

Nakicha distingue très bien les deux formes immobiles sur la grève. La tête du grand oiseau dépasse celle de Max, assis dans son fauteuil. Le héron observe le lac.

Max épie le héron. Puis l'oiseau fait quelques pas et entre dans l'eau. Il se fige, à l'affût… Soudain, il plonge vivement le bec dans l'eau et le ressort aussitôt, emprisonnant un frétillant poisson qu'il avale d'un trait.

Dans l'esprit de Nakicha, gamme rapide d'émotions fugitives. D'abord, un sursaut de dégoût, puis de la compassion pour le poisson dont la vie se termine. Enfin, plus fort que tout, l'émerveillement devant la beauté magique de la scène qui se fixe à jamais dans sa mémoire.

Nakicha découvre la vraie nature de Max. Le garçon est un oiseau, lui aussi. Le héron le sait, lui qui se tient sans peur près de ce petit d'homme boiteux, son frère.

Dans la tête de Nakicha, une étoile éclate. La lumière se répand partout en elle et irradie jusqu'au bout de ses doigts. Autour d'elle, la nature chante la beauté, la force, le mystère. Nakicha pleure des larmes de cristal. La vie est magnifique!

* * *

Rosa a cuisiné avec amour l'une de ses succulentes tartes au citron. Max et

Nakicha se régalent. Rosa s'en est également servi un gros morceau qu'elle déguste sans l'ombre d'un remords. Nakicha retourne en ville demain. Ce n'est pas tous les jours qu'on fête le départ de sa petite-fille adorée. Une grand-mère a bien le droit de se consoler comme elle peut!

Nakicha est heureuse, ses yeux brillent. Max, au contraire, fait des efforts surhumains pour avoir l'air gai. Avec tact, Rosa feint de ne pas s'en apercevoir.

Nakicha leur a réservé une surprise. Elle les entraîne au salon et les prie de s'asseoir. Elle s'installe au piano et s'adresse à Max, avec une pointe de fierté dans la voix:

— J'ai composé cette pièce pour toi. Je l'appellerai *Le héron et l'autre oiseau.*

La pianiste se concentre deux ou trois secondes et se met à jouer. Les images imprimées dans sa tête se sont transformées en musique. Le piano décrit deux grands oiseaux, libres et fragiles. La mélodie devient chair et plumes, ruisselle d'eau et de soleil…

Max ferme les yeux. Sur les ailes de la musique, sa propre image danse et vole. Avant de rencontrer Nakicha, il ignorait qu'un piano pouvait parler. Il sourit malgré lui.

Nakicha ferme les yeux à son tour. Son coeur et sa mélodie sont remplis de merveilles et de joie. Elle sait maintenant que la musique et la beauté sont les choses les plus importantes pour elle. Elle peut choisir de voir toute la beauté du monde et elle a le don de la faire entendre aux autres. Elle est plus que jamais décidée à nourrir et à cultiver son talent.

La tristesse et la souffrance vont toujours l'émouvoir douloureusement. Elle en est certaine. Mais c'est grâce à cette vive sensibilité qu'elle pourra aussi s'émerveiller intensément. Elle l'a compris.

Max et Rosa sont emportés par la musique. Ils échangent un regard ému. Tous deux ont conscience de vivre un instant rare et précieux. Une bulle de beauté. De celles qui vous éclatent sur le nez quand vous vous y attendez le moins. Et qui vous réchauffent l'âme et le coeur.

Épilogue
Le secret de Max

Dans son chalet blanc, le garçon a envie de pleurer et, par moments, il ne peut s'empêcher de rire. Par exemple, quand il songe à l'affreux morceau de piano que Nakicha avait intitulé *La mouche et l'araignée*!

Max a peur de ne jamais revoir Nakicha. L'an dernier, il l'a laissée repartir sans rien avouer de ses sentiments. Aimer, c'est beaucoup plus difficile qu'il ne l'imaginait. Surtout quand on aime quelqu'un qui ne nous aime pas. Max a décidé d'aimer Nakicha en secret. Toute sa vie, s'il le faut.

Dans son chalet vert, en remuant ses souvenirs, la grand-mère voudrait rire et, par moments, elle pleure. Parce qu'elle a un secret. Qui lui fait mal parfois. Tout à l'heure, quand elle sera calmée, elle téléphonera à Nakicha et l'invitera à revenir cet été. Elle a tellement envie de la revoir.

Le secret de Rosa, personne ne le connaît. Sauf Sylvio, peut-être... Mais le secret de Max n'en est pas un! Presque tout le monde l'a deviné. Et ceux qui ne s'en doutent pas encore le découvriront en lisant son livre. Car il l'écrira, son premier livre. Plus tard. Quand il comprendra que sa rencontre avec Nakicha est l'une des choses les plus importantes de sa vie.

Il débutera de cette façon, le roman de Max:

La première fois que je l'ai vue, elle déambulait sur la plage. Elle avançait d'un pas souple et rythmé, en balançant joliment ses bras et ses hanches. Un rayon de soleil couchant était braqué sur elle comme un projecteur géant et sa silhouette dansante brillait dans le flamboyant trait de lumière orangée...

La fille du roman s'appellera Valentine ou Élodie, mais tous les amis de Max devineront sans peine qu'il s'agit de Nakicha. Et Nakicha elle-même se reconnaîtra avec stupéfaction, dans les lignes pleines de poésie. Et d'amour.

Table des matières

Achevé d'imprimer
sur les presses de Litho Acme inc.